AF508977

ONDE A GENTE APRENDE A AMAR?

Dados Internacionais de Catalogação na Publicação (CIP)
(Câmara Brasileira do Livro, SP, Brasil)

Oliveira-Telò, Amanda
    Onde a gente aprende a amar? / Amanda
Oliveira-Telò. -- 1. ed. -- Maringá, PR :
Ed. da Autora, 2023.

    ISBN 978-65-00-67391-3

    1. Contos brasileiros I. Título.

23-152575   CDD-B869.3

Índices para catálogo sistemático:

1. Contos : Literatura brasileira   B869.3

Aline Graziele Benitez - Bibliotecária - CRB-1/3129

ONDE A GENTE APRENDE A AMAR?

Amanda Oliveira-Telò
#CONTOS #FOTOS

#Sumário

Não se acha a paz evitando a vida.

- Virginia Woolf

#Introdução

Quando amo demais, eu escrevo. Escrevo para poder abrir o peito e puxar o ar. E respirar novamente... E sobreviver... Viver? Por mais um dia até que tudo comece novamente.

Andar em círculos em busca de entender como amar, superar, viver, me reencantar, se é que existe uma resposta. Talvez eu escreva para recarregar, pois viver nesse mundo exige mais energia do que eu tenha para lidar...

Talvez eu escreva para matar algo em mim, ou para sufocar tudo que sai da caixinha do que era para ser eu, ou do que eu queria que fosse, tudo o que transborda e inunda. Sufocar em cadernos que eu não tenho coragem de reler ou sequer habilidade para entender a minha própria letra.

É como uma receita: sentir um turbilhão, escrever até a mão doer, fechar o caderno e ir viver nesse mundo... Onde foi parar a evolução que nos prometeram? Eu escrevo porque se não talvez eu sairia gritando na rua ou engajando em discussões que eu nunca ganharia

Então eu escrevo sobre tudo que me toca, me perfura, me massacra. Tudo que eu to cansada de repetir pros amigos, tudo que eu tenho dúvidas, tudo que me revolta, me encanta, tudo que parece demais para ser falado em voz alta. *Tudo que parece que o mundo não dá lugar para existir.* Escrevo a minha história, outros histórias, o que eu queria que fosse ou o que poderia ter sido.

Eu escrevo, fecho o caderno, e nada nunca muda. Como poderia mudar?

Mas talvez eu escreva para sonhar, e então sonho

com tudo que poderia ser do mundo se todo mundo resolvesse abrir os cadernos, jogar fora o normal e falar em voz alta tudo que incomoda aqueles que criaram as regras. *O que seria do mundo se todos tivessem coragem de se expressar, falar das dores e amores? De verdade?* Todo mundo.

Mas por mais que seja irônico, ainda não sei exatamente como ser diferente, como encontrar coragem para quebrar o cadeado do caderno e ler tudo em voz alta.

Mas eu entendi que preciso. Por que se todo mundo pensar assim e se calar, como a gente cresce e sai dessa?

Então eu escrevo, talvez para respirar, entender, viver ou matar. Mas hoje, para ser livre.

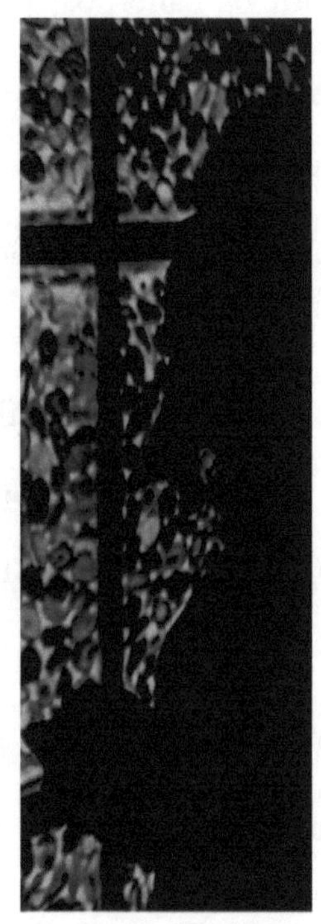

#1 Ser

Ela se questionava diariamente se a vida não seria melhor se ela fosse diferente. Se pudesse sentir diferente, agir diferente. Talvez sem tanta vontade de falar, ela poderia se calar, deixar o acaso decidir ou só seguir o manual que todo mundo recebe da sociedade.

A sua inquietação constante sempre foi um lembrete do vazio que nunca se preenche.

Então um dia ela decidiu sair para caminhar fingindo ser outra pessoa. Bateu a porta ao sair e caminhou aliviada, e aquele alívio começou a crescer e de tanta leveza, ela começou a flutuar. Era como se todo o peso do seu corpo tivesse evaporado até não ter mais massa que a segurasse na terra.

Ela flutuou por dias, semanas, até sua noção

de tempo e espaço se perder, junto com tudo que um dia ela reconheceu como dela. E não era mais fingimento, ela não era mais ela, mas também não era outro alguém.

Enquanto flutuava pela existência sem uma identidade ou um lugar que a pertencesse, e por um tempo que não era possível calcular, *ela existiu sem viver,* sem conseguir se lembrar se ainda era possível voltar.

#2 A vida como ela é

Arrasta para a esquerda, arrasta para a direita, arrasta para a esquerda... O aplicativo de relacionamentos fica aberto por horas e ninguém realmente interessante aparece.

Recebo um Super Like[1].

Pele bronzeada, lábios rosados que quase formam um coração, *nada superespecial, mas ele me deu um Super Like*. Então eu olho mais uma vez e decido responder a mensagem que quase instantaneamente aparece depois do *Match*[2].

Conversamos sobre sermos os reis do nome comum,

depois já por mensagem no WhatsApp, sobre viagens, e rapidamente estamos nos falando sem parar sobre tudo e qualquer coisa.

Em poucos dias de conversa, João já se parece com uma área coberta em meio a tempestade. Semanas se passam e continuamos a crescer juntos, conversamos sobre assuntos profundos e que nunca falamos com mais ninguém. A cada dia que se passa me ligo mais a ele e finalmente após semanas é hora de nos conhecermos pessoalmente. FINALMENTE. *Porque, sim, nada é perfeito, ele mora a 100km de distância.*

Mas por mim ele veio até aqui e hoje é o dia. Ele me liga para dizer que está quase aqui, então eu desço até a portaria e espero. Quando o vejo vindo da outra esquina, penso *"normal, mas esperava as borboletas assim que o visse"*. Mas logo me censuro, é normal sentir um estranhamento ao conhecer pessoalmente alguém que você falou apenas por mensagens e vídeo, então não penso mais sobre isso e vou de peito aberto ao seu encontro.

— Oi, estacionei na outra rua, espero que seja seguro por aqui — ele diz com um rosto simpático.

— Oi, sim, é bem tranquilo, mas uau, nem acredito que você está aqui — respondo com um tom mais alto na voz, que torço para ele não perceber.

— Nem eu, mas é, finalmente — ele sussurra, me abraça e o beijo acontece instantaneamente, *e é bom.*

Depois de um curto tempo, o estranhamento se passa, a conversa flui por horas e já passa da hora do almoço. Quero ficar mais tempo aqui com ele, conversando, conectando, tocando em seu cabelo macio e encaracolado, beijando sua boca avermelhada, olhando dentro dos seus olhos castanhos.

Mas é hora de ir, planejei toda uma agenda para

mostrar a minha cidade para ele e quase salto pelas ruas de felicidade quando ele segura minha mão ao caminhar. A sensação boa que eu sentia por mensagem se traduziu e potencializou pessoalmente, *que sorte a minha*, apenas quero que tudo isso dure para sempre, a vida assim vale a pena viver.

Mostro para ele meus lugares favoritos, cinema, cafés, conto coisas que nunca achei relevante de mencionar, mas tudo para ele parece interessante, ele me acha interessante, *eu sou interessante para a pessoa mais interessante que eu conheço.*

Poderia ouvir por horas ele falando de filmes, séries, músicas, ideias para a vida, cada palavra que sai da boca dele faz o mundo ser melhor. Vamos ao mercado comprar umas bebidas, *é dia de celebrar*, afinal, ele está aqui. De volta em casa, ligo apenas os abajures com lâmpadas amareladas, coloco uma playlist sexy que nunca usei antes, hoje eu quero fazê-lo querer voltar, *porque meu Deus, como eu quero viver isso outra vez.*

Espumante em taças de vidro, beijos intensos, olhares, quando ele me toca, sinto meu corpo entrar em transe e pela primeira vez, tudo parece que vai ficar bem. Sabe quando você acha que não vai mais encontrar alguém que te faça sentir bem em toda a plenitude de um relacionamento? Quando ele me toca, tudo volta a parecer possível.

E ele me toca cada vez mais, tirando peça por peça da minha roupa, até nossos corpos se encontrarem e se conectarem. As horas passam rápido, adormeço me sentindo no céu e já é hora de dizer tchau, mas eu só penso no reencontro, ele ficou com meu livro favorito e eu com o dele. Mal posso esperar para ouvir tudo que ele tem para falar.

O momento face a face acabou, mas o coração segue aquecido, o fluxo das conversas aumenta e a saudade aumenta junto. E os dias se passam, *temos um encontro agendado para o próximo mês*, trocamos playlists com as nossas músicas favoritas, conversamos sobre filmes, trocamos livros digitais.

Hoje insisti em vê-lo por vídeo-chamada, sinto tanta falta do seu olhar. Toca, toca e ele atende com um olhar que mistura amor e dor, algo em mim sabe que algo está por vir e meu cérebro dispara em antecipação, pensando em tudo que pode dar errado, porque a situação é a seguinte:

1. moramos em cidades diferentes;

2. não temos condições financeiras de realizar essa viagem com frequência;

3. de qualquer forma ele não pode passar vários fins de semana longe de casa, por questões pessoais.

E meus medos se tornam certezas quando ele começa a falar mais sobre os problemas do que sobre o amor e no início, eu concordo, *realmente será difícil,* mas a conversa continua e eu choro quando ele diz:

O que eu posso te garantir é
Nesse pequeno espaço de tempo, no instante em
que eu digito essas palavras, e a Terra gira sem
sentido nesse universo efêmero
A única certeza que eu tenho
É que agora, nesse instante, eu te amo
Não sei quanto tempo vai durar esse sentimento
Pode ser que amanhã, semana que vem, isso acabe
Mas eu só posso falar pelo agora

E eu já não sei o que pensar, mas ele continua a falar e listar problema por problema, que eu sozinha tento apresentar ideias de solução, que ele logo completa com mais problemas.

A ligação acaba e os dias se passam, agora, toda vez que eu peço para em vê-lo por vídeo-chamada, ele me diz que isso só vai tornar tudo mais difícil. *Já acabou para ele, eu sei, mas ele diz que ele só quer ir mais devagar.* Quando a gente freia com força um carro em alta velocidade, esperamos o acidente na rodovia.

Mas para mim ele é uma daquelas coisas que a gente não tem a opção de desistir fácil, eu vejo o potencial que temos, as coisas maravilhosas que podemos viver juntos.

Mas ele continua tornando tudo mais difícil, se distancia, e todos os meus argumentos para ele ficar parecem fracos perante seus motivos para ir. *Mas meu Deus, como eu quero mostrar para ele como eu estou disposta, como eu quero ele como nunca quis ninguém.*

Penso nele a todo momento, quero compartilhar cada micro acontecimento da minha vida com ele, mas agora quase não tenho mais resposta. A sabotagem que ele faz ao nosso relacionamento quase tira todas minhas forças. Não sei se consigo mais tentar, não vejo mais outras pessoas, não quero fazer nada novo, tudo é cinza novamente.

Eu o quero, mas não consigo mais o ter. Ele fala comigo, mas não está mais aqui. Meu único contato com ele é através de seus amigos que nesse meio tempo se tornaram meus, principalmente Ana. Ana, a namorada do melhor amigo de João, o Paulo.

Ana e eu temos um milhão de coisas em comum, além do fato de amarmos os melhores amigos. Ela me adicionou nas redes sociais e eu puxei conversa, conversamos por dias e agora que tudo se perdeu com ele, num ato impulsivo, decido passar o fim de semana com ela na cidade deles.

Eu sempre fui impulsiva, mas o amor me dá um gás extra. Eu realmente quero ir ver Ana pessoalmente, preciso espairecer, mas a ideia de talvez esbarrar com João me faz começar a procurar passagens para ir já no próximo final de semana.

Sexta-feira, dia 10 de março, *exatamente 2 meses*

Onde a gente aprende a amar?

atrás, toda essa novela começava, e hoje finalmente estou na cidade dele. Eu mando uma mensagem, mas ele diz que vai viajar e não pode me ver, meu coração aperta, *vou estar aqui até domingo e ele não vai nem tentar me ver brevemente*, e além de tudo, completa a mensagem afirmando que nem era por medo de voltar atrás que ele não tentaria, porque essa possibilidade não existia, era só que ele não queria mesmo me ver. *Frio*.

Eu posso tentar dizer que estou bem, mas não estou, sinto raiva, tanta raiva, porque depois de tudo, não é assim que eu quero que as coisas acabem.

Mas conversar com Ana sempre ajuda, por mais que a motivação de estar aqui seja baseada em vê-lo, e agora ele se foi, eu preciso me agarrar ao resto e pelo menos tentar me distrair.

Ela me chama para ir beber com os amigos na praça. Abro e fecho todas as redes sociais na esperança dele mudar de ideia e me mandar um *"onde você tá? vamos nos ver"*. Mas ele não manda e quase não conseguimos voltar para casa, uso meu celular até a bateria se esgotar e peço o Táxi com apenas 2% de bateria.

Mas deu tudo certo e conseguimos chegar na casa do namorado da Ana, onde decidimos pernoitar para ficar mais perto do centro para sair amanhã. Aproveito a presença dele para falar ainda mais sobre João, e conversamos mais, por horas, só sobre ele, até o sono vir.

Amanhece e a conversa continua, mas hoje vamos ao Shopping fazer compras, comer, passear. Horas se passam até que finalmente a notificação esperada surge, uma mensagem do João, algumas fotos da viagem, e eu, em resposta, mando fotos dos nossos momentos no shopping. *Mas João me deixa confusa,* a cada mensagem dele sinto que ele pode sim ainda gostar de mim, pode sim querer me ver amanhã, mas ele ainda diz que não.

O dia se passa e Ana, Paulo e eu decidimos ir para a balada, hoje eu vou dançar, beber muito e esquecer toda essa situação confusa que estou vivendo. Mas não consigo evitar pensar constantemente que nós quatro seríamos um grupo ótimo de amigos.

A balada quase não tem fila, mas a Ana fica guardando nosso lugar para garantirmos a entrada primeiro, enquanto Paulo e eu vamos buscar um remédio para evitar ressaca do dia seguinte. A farmácia é longe, e a caminhada longa, o bom é que podemos conversar *sobre João*.

Esclareço muitas coisas sobre o que João pensava de mim e cada vez mais eu me sinto uma idiota por sofrer por um homem que realmente não dá a mínima para os meus sentimentos. Um homem que escolhe diariamente não me amar, nem ao menos tentar e que já enjoou de mim, já perdeu o interesse. Eu fico triste, mas de certa forma, eu sempre soube de tudo, *e ele já me disse*.

Voltamos e entramos na balada, é hora de beber, open bar até uma da manhã, temos exatas duas horas para beber até perder os sentidos. Peço para Paulo guardar meu celular e embarco de cabeça na curtição. *Esqueço, mas me lembro*. Uma hora estou feliz pensando que tudo vai dar certo e na outra penso em tudo que já deu errado, ele não está aqui, e bebo mais um copo.

Música eletrônica, e eu em um nível de consciência tão baixo que se tocasse sertanejo eu estaria dançando igual, *a música não importa*. Bebo mais, e danço, danço com Ana, danço com Paulo, bebo mais.

Nos últimos minutos do open bar noto Paulo me olhar diferente, mas eu devo estar doida ou muito carente, então ignoro. Mas os toques começam, os olhares aumentam de intensidade, e quando olho para Ana, ela me olha da mesma forma. Meu pensamento dispara e eu fico confusa, *"eles querem isso mesmo? Isso pode arruinar tudo, mas, por outro lado, eu tenho o direito de viver, eu sou livre"*. Mas resisto, continuo dançando, bebo mais, passo mal só para voltar a me sentir ótima e continua bebendo. E beijo mais pessoas, bebo mais e quando noto estou beijando Paulo. E Ana. *Ambos*, um de cada vez, os dois ao mesmo tempo.

E continuamos dançando, até alguém sugerir de irmos para algum lugar mais quieto, e eu reluto, por uns instantes, mas penso *"chegamos até aqui, por que não?"* E vamos.

O álcool está alto, preciso fazer xixi, a rua serve, entramos no Táxi errado, depois no Táxi certo e vamos para o motel.

Pela primeira vez desde o começo da balada eu pego o meu celular para checar as mensagens, uma mensagem de João, falando nada de mais, que eu quero demais responder, mandar um *"sinto sua falta"* ou *"está tão legal aqui"*. Mas Ana e Pedro não acham uma boa ideia, então não mando. Guardo o celular e volto a viver o momento.

Chegamos e o Motel justifica o preço caro. Banheira com hidromassagem, cama de casal redonda e enorme, o cenário perfeito para uma noite memorável. *Mas eu estou tão bêbada que só registro flashes.*

Banheira de espuma e muitos beijos, sexo, gemidos, a banheira transborda e inunda o quarto inteiro, gozamos, não tem mais nada para fazer, comemos chocolate e dormimos.

A ressaca está forte, mas é hora de ir para a casa de Ana. Peço o Táxi e mesmo após tomar o remédio, a cabeça continua a doer e assim se passa a manhã e já é hora do almoço. Nós conversamos sobre como tudo foi louco, sem arrependimentos e a vida segue.

Vamos ao parque e conheço mais amigos deles, e mesmo depois de tudo isso, a sensação de que quero ser de João e fazer parte de tudo isso ainda continua, por mais que não esteja tão certa de como ele reagiria à informação do que rolou na minha noite com seus amigos.

Mas ele deixou claro que já não me ama mais, que perdeu o encanto, a vontade. *Mas se ele quiser, eu ainda quero e dou tudo para saber se ele ainda pensa em mim o tanto quanto eu penso nele.*

Então, quando Paulo me fala que João quer saber se eu ainda estou na cidade, eu me encontro dividida, *ele pergunta para me evitar ou para me encontrar?* E o dia se esgota sem nos encontrarmos.

De volta para casa, acordo com uma mensagem dele querendo saber como tudo tinha sido, e eu, ainda determinada a superá-lo, digo o mínimo possível. Mas é incrível como é só ele me dar um pouco de atenção, que eu me jogo na situação novamente e aqui estou eu, contando tudo, ou quase tudo. Conto as coisas relevantes, mas não cito diretamente a parte final da noite de sábado, não por medo, mas por não entender se ainda fazia sentido falar coisas pessoais assim para ele. Não éramos mais nada.

Na terça-feira converso logo cedo com Paulo, e ele me diz que vai sair com o João. Chegamos à conclusão de que se eles chegassem no assunto da balada *(e principalmente do pós balada)*, ele contaria tudo, afinal, não tem por quê esconder os acontecimentos.

Enquanto tudo isso se desenrola, a ansiedade aumenta e só quero me distrair. Mas não consigo parar de pensar em João, e finalmente começo a ler o livro que trocamos no nosso primeiro encontro. Leio e me conecto à história e em uma das páginas decido mandar uma foto para ele.

E ele me responde:

É melhor você deixar o livro com a Ana.

Não quero mais te encontrar.

E com essa mensagem eu já sei que Paulo contou sobre sábado. Sinceramente eu não esperava uma reação assim, na verdade eu esperava reação nenhuma. Ele deixou bem claro que não sente mais nada por mim, mas esse é o fim. Eu ainda sinto, mas agora vejo, a partir de agora tudo muda, agora ele tem uma razão para não ficar.

E por mais que eu tente, não tem caminho de volta, ele não quer mais me ouvir, mas isso não me impede de tentar.

eu realmente quero falar com você, me liga? Que a gente pode se esclarecer

Por favor, para de falar, cada palavra
que eu leio me deixa mais nervoso

tudo bem, acho que o que mais me incomoda é que não é justo, você não está sendo razoável como sempre se gabou de ser

Se você quiser falar comigo daqui a
uns 2, 3 meses. Talvez eu consiga
falar racionalmente.

Talvez eu consiga entender o seu
lado.Talvez eu consiga relevar alguma coisa.
Mas não agora.

tudo bem então, não quero incomodar... mas uma coisa, tenho que te dar algo, o que eu faço?

Sinceramente não sei.Guarda. Me
manda pela Ana. Joga fora. Vende.
Eu não dou a mínima.

Ele não dá a mínima, um ponto final sem possibilidades para vírgulas.

Mas aqui eu ainda sonho, e espero que talvez em algum mundo paralelo nesse instante estamos tendo uma linda e profunda conversa sobre a vida.

Mas não aqui, não hoje, não nesse tempo-espaço.

Aqui, nós dois continuamos sendo isso, um final sem possibilidades, um talvez que nunca será. (*agora só falta meu coração acredita*r)

Enquanto isso, seu presente continua guardado.

[1]**Super Like:** *O "Super Like" é um recurso usado em aplicativos de namoro online, como o Tinder. Ele permite que os usuários expressem um nível extra de interesse em alguém, deslizando para cima ou tocando no ícone de estrela azul em seu perfil. É uma maneira de mostrar que o usuário está particularmente interessado na outra pessoa e quer se destacar dos outros possíveis matches. A pessoa que recebe o Super Like é notificada de que alguém mostrou um nível maior de interesse do que um swipe padrão.*

[2]**Match:** *"Match" refere-se a uma conexão bem-sucedida ou interesse mútuo entre dois usuários em um aplicativo de namoro. Quando dois usuários deslizam para a direita nos perfis um do outro, indicando que estão interessados um no outro, resulta em um "match". Isso significa que ambos os usuários indicaram que gostariam de iniciar uma conversa e, potencialmente, buscar um relacionamento romântico. Depois que um match é feito, os usuários podem se comunicar entre si por meio do sistema de mensagens do aplicativo.*

#3 Platônico

Sentada na cadeira vermelha do consultório médico, eu começo a observar um homem de cabelos curtos e escuros que se senta à minha frente, ele parece se perder em seus próprios pensamentos. *Será que o dia foi difícil ou apenas está tentando lembrar se trancou o carro?* Suas roupas sociais mostram que talvez tenha vindo direto do trabalho.

Começo a devanear e a imaginar sua vida. *Ele tem cara de quem trabalha em algum escritório desses que não acontece nada, o dia inteiro, ele deve estar entediado.* Em seus dedos eu não vejo aliança, e nem sinal de que houve alguma. Sua pele bronzeada me diz que as férias foram ao sol e sua barba bem-feita revela que ele se cuida. Quanto mais eu o observo, mais fico intrigada, *o que um homem desses faz em um consultório médico? Qual será o seu problema?*

Uma mulher abre a porta e chama por Alisson, o moço de terno se levanta e leva consigo meus questionamentos. Sou chamada pelo médico da porta da frente logo em seguida, o meu caso era apenas resfriado. Saio do consultório e penso nele, então ando até a porta do prédio e espero por Alisson, preciso olhar para ele mais uma vez. Quando ele sai, eu o observo caminhar para fora do estacionamento e parece estar sem carro.

A curiosidade me vence e começo a segui-lo, não tão de longe, mas discretamente. Ele para na farmácia da esquina e compra algum remédio, caminha até a terceira rua paralela à avenida e entra nela. Seus passos são rápidos, porém graciosos, *quem será você Alisson?*

Depois de quatro quadras, ele para, pega uma chave no bolso e se dirige a um prédio. O prédio de oito andares parece ser de classe média e os apartamentos não muito grandes, ele deve morar sozinho.

Quando ele entra eu volto até o consultório para pegar meu carro que deixei estacionado lá. Mas apenas para dirigir até a casa de Alisson e observar a vizinhança.

37

Um casal de velhinhos passa pela rua andando de mãos dadas, os ipês deixam a rua cheia de flores, o sol se põe aos poucos por trás de um prédio maior, ligo o som do carro e apenas espero. *Apenas o espero.*

A surpresa e excitação vêm quando depois de algumas horas ele sai de casa em um terno com um corte italiano, caminha até o outro lado da rua onde um carro preto está estacionado, abre a porta e entra.

Quando o motorista dá partida eu dou logo em seguida, vamos juntos a algum lugar.

Já faz três semanas que observo Alisson. Agora sei que ele é um advogado recém-formado pela faculdade da cidade, solteiro, 28 anos, trabalha de manhã, faz mestrado à tarde e sai toda sexta-feira com alguns amigos. Um moço intrigante.

Cada dia mais eu quero conhecê-lo de verdade, quero saber quem ele é. Eu passo meus fins de semana observando seu apartamento, sempre o esperando sair. Eu sempre o vejo, mas ele nunca me nota, *preciso que ele me note.*

Estou de mudança e agora do meu novo

apartamento, consigo ver sua a janela no sexto andar. Achei que meu telescópio de cem reais não serviria para nada, mas serviu, me sinto em seu apartamento de paredes azuis, sentado em seu sofá cinza. Toda noite ele se senta e assiste algo, come, usa o notebook, conversa com alguém.

Queria poder ver de perto os detalhes, preciso me aproximar, já não me basta observar. Quero saber o que ele sente, quero o tocar, *quero ele para mim*.

Levanto cedo e vou até seu escritório, *está na hora de tomar uma atitude*. Falo com a secretária sobre um caso verdadeiro, um problema que tive com minha companhia telefônica, e ela me agenda para amanhã. Quase não durmo, visto minha melhor roupa, arrumo o cabelo, passo um perfume suave e um batom marcante. Treino sorrisos e caras no espelho.

Quando finalmente chego ao escritório, não me contenho de emoção, a secretária me recebe e pede para aguardar, mas nem um minuto se passa quando ele abre a porta e me chama. Seu escritório é grande, iluminado e cheio de livros, e ele me convida a sentar em um conjunto de poltronas centralizadas. Assim que nos sentamos, ele sorri e vai direto ao assunto, pergunta sobre o caso, *mas parece distante*. Eu explico tudo, tentando por diversas vezes criar algum tipo de conversa mais pessoal, mas ele continua sendo frio e estritamente profissional.

Se sentiu meu perfume não comentou, se me achou atraente, não esboçou sentimento, eu estou na sua frente, mas continuo invisível. Saio de lá e só quero o esquecer, *ele não é nada do parece*.

Volto para casa e depois de algumas horas sinto sua falta. Quando o vejo sentado no sofá, pronto para sair, observo como ele constantemente olha o relógio. Nesse momento, meu coração aperta e me questiono internamente: *o que preciso fazer para me tornar a pessoa que ele tanto espera?*

#4
(Ir)Responsabilidade emocional

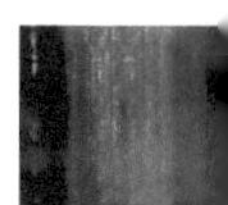

Depois de muitos encontros frustrados, ela estava decidida a deletar os aplicativos de relacionamento e esperar alguém interessante cair do céu. Tinha cansado das relações vazias, das promessas não cumpridas e das rapidinhas sexuais que não a levavam ao orgasmo.

Mas como uma boa sonhadora, deu mais uma oportunidade. E como poderia não dar, olhos verdes, sotaque gostoso e bom de conversa. Além disso, ele era novo na cidade e ela mal podia esperar para mostrar tudo.

O levou em seus cafés favoritos, mas estavam todos fechados, era domingo. Decidiram apenas caminhar e caminharam a cidade toda, durante horas. Conversaram, se tocaram, até finalmente o beijo acontecer, enquanto ela pensava *meu Deus, agora parece que vai acontecer!*.

Ele falava italiano, votava nos mesmos partidos políticos e tinha um sorriso que iluminava o ambiente. Se dizia rápido e intenso nas coisas, assim como ela, então ela sentiu seu coração bater novamente, e ela quis se entregar. Ela normalmente tão insegura, por ele resolveu fazer diferente, se jogar de cabeça e *seja o que Deus quiser (e ela torcia para ele querer!)*.

Sugestões de planos apareceram, *"que tal amanhã um cinema e conhecer mais da cidade durante o dia?"*, ele perguntou, *"com certeza, eu não trabalho a tarde e daí podemos ir"*, ela respondeu, quase gritando de empolgação.

"Quer ir lá em casa agora?", ela perguntou minutos depois, *"é claro"*, ele respondeu prontamente. Ele prometeu que a faria gozar, tão determinado que ela acreditou. Foi um quase que para ela já era o suficiente.

"Dorme aqui?", ela perguntou enquanto os dois estavam deitados na cama com seus corpos suados, mas ele respondeu, *"não posso"*, colocou suas roupas e foi

embora.

Mal sabia ela que aquele amor que a deu esperanças de que poderia dar certo teria um prazo de duração tão curto. E foi demasiado curto.

O outro dia era feriado, o céu amanheceu cinza, mas o coração dela brilhava. Ela mandou uma mensagem para saber se ele estava bem e se os planos para o dia ainda estavam de pé, ele respondeu, *"acordei agora"*, e depois disso mais nada, apenas um silêncio sufocante por horas. Ele tinha novos planos para o dia, que não a incluíam, mas ela não sabia.

Então ela não conseguia entender por que alguém faria tudo isso para sumir assim, por que marcar de sair com ela, confirmar, reservar o dia todo, e depois não responder mais, *"Por quê?"*.

Ela ficou impaciente, *será que fez algo errado? Será que ele estava mesmo dormindo até tarde?* Ela começava a ficar paranóica. Ele ficava online e não visualizava, ele visualizava e não respondia. Ela tentava se tranquilizar pensando, *tudo bem, ele pode estar ocupado, deve ter surgido um imprevisto, não gosta de sair de casa com chuva*, mas não conseguia evitar pensar que responder uma mensagem não tomava tanto tempo assim.

Depois de muitas tentativas dela, ele decidiu responder, *"CALMA, você não fez nada de errado. Eu só não respondo em dia de semana porque trabalho e estudo"*. Agora ela estava oficialmente confusa, até ontem ele ainda estava procurando emprego, até ontem ficava o dia todo sem fazer nada.

Mas ela o achava fofo demais para ser só um babaca que mentiu apenas por sexo, ele pareceu tão verdadeiro para não ser de verdade. Mas ela se questionava, *será que ele nunca demonstrou nada e tudo foi sua imaginação?* Porque ela queria tanto que desse certo, que não poderia dar errado.

Então ela mandava mil mensagens, queria entender tudo melhor. *Será que deveria ligar também?* Não pensava muito sobre e ligava, mas ele não atendia, nesse ponto seu celular já estava no modo silencioso.

E ela não conseguia mais conter as lágrimas, já sabia que mais uma história sem começo tinha chegado ao fim. Mais uma vez ela se apaixonou pela ideia antes da pessoa.

"Não sou o cara certo para ti. Não vamos levar isso em frente", foram as últimas frases que ele enviou para ela.

E ela só queria poder dormir e acordar no domingo, começar de novo e fazer as coisas diferentes. Quem sabe só para aproveitar novamente o dia, ou para ter a possibilidade de no final escutar um *"foi legal, vamos fazer isso outro dia"*, ou *um dia "a gente se esbarra, de verdade"*.

Porque ela sonhava com o amor, mas tinha o costume de se entregar para quem não se entregava de volta, de sentir com intensidade o que era morno, de ser muito para quem era nada.

Foi intenso para ela, mas para ele foi apenas um incômodo.

Mas ela sabe, se existisse máquina do tempo, ela voltaria para o começo do domingo.

#5 Dia após dia

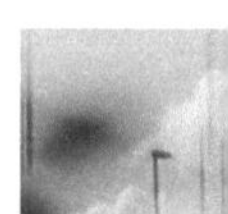

Abrir os olhos e começar um novo dia. Uma rotina simples, mas quando o ato é performado por apenas ossos, se torna algo curioso de observar.

Como abrir os olhos quando não se tem mais um globo ocular? Como se levantar quando os músculos responsáveis por seu movimento já não existem mais?

Mas contrariando tudo, ela se levantava, dia após dia, não por querer, mas apenas porque seus ossos aprenderam a se movimentar automaticamente.

Todo dia ela sentia um despertar e quando notava estava sentada na frente do computador.

O que tem que ser feito será feito, esse sempre foi seu lema. E seus ossos se lembravam. Se movimentando todos os dias mesmo quando isso contrariava todas as leis do universo.

Um dia ela precisou sair de casa e ir até o mercado, e

o medo do que os outros iriam pensar ao vê-la caminhando na rua quase a fez desistir de sair.

No entanto, a realidade era que, anteriormente, ossos andando pelas ruas costumava aterrorizar muitas pessoas. Agora, em um mundo onde a transformação era uma ocorrência diária, ela ainda se sentia conectada a um grupo.

E então ela seguia caminhando, e ao passar pelas pessoas que ainda esboçavam pele e músculos, ela se pegava pensando se voltar a ser assim ainda era possível.

Mas fazia tanto tempo desde que ela era o que era, que parecia impossível se transformar em qualquer outra coisa.

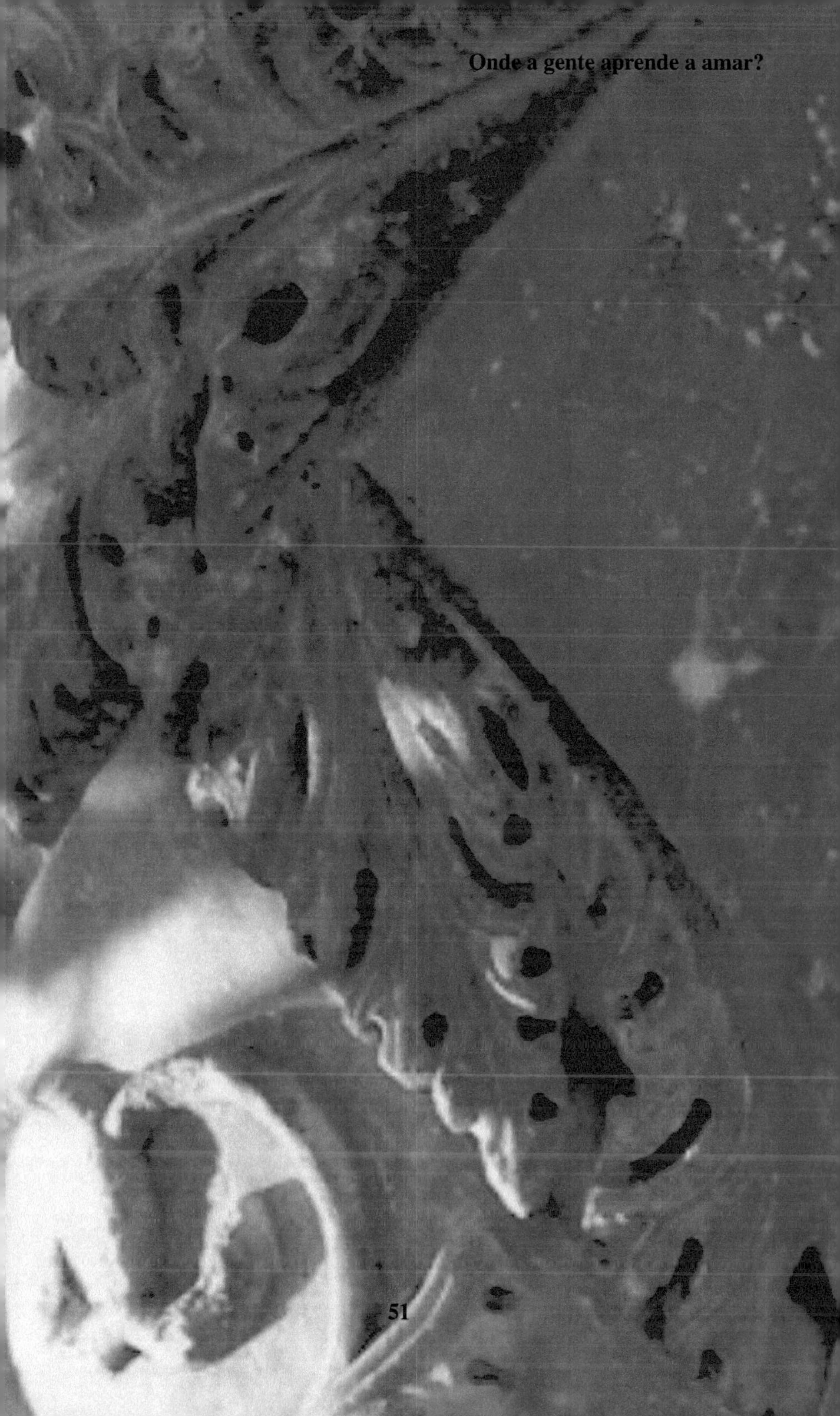
Onde a gente aprende a amar?

#6 Três garrafas

Hoje eu realmente preciso de um drink.

Normalmente não fico empolgada com sociais de trabalho, mas a primeira vez é sempre interessante.

É na primeira social que a gente vê todo mundo de verdade pela primeira vez, fora de todas aquelas regras que cercam as horas de trabalho. Então eu quero causar uma boa impressão, talvez assim eu possa fazer novos amigos. *Eu realmente preciso de amigos.*

— Você acha melhor o preto com o corte até a perna ou o vermelho mais justo? — pergunto para minha mãe segurando dois vestidos na frente da câmera durante a chamada de vídeo.

— A menos que você esteja indo para uma social do trabalho para trair seu marido, esse vermelho aí está meio demais — ela reclama.

— Ah, mãe, só quero causar uma boa impressão — rebato, desgostosa com a resposta.

— Por isso estou falando, o preto está mais sério — conclui ela.

— Tá, vai ser o preto então — finalizo, é mais fácil concordar com ela do que brigar, afinal, já tinha deixado ela sozinha na América, não preciso de mais razões para ela ficar brava.

— Quando provar me manda uma foto, agora tenho que ir que tenho uma panela no fogo — fala ela enquanto corre com o celular na mão em direção a cozinha.

— Sem problemas, obrigada pela ajuda, te amo, tchau! — eu digo me apressando.

Desligo a ligação e me dou conta do silêncio que inunda o ambiente. Toda vez que ele viaja a casa fica tão vazia. Por mais que a gente tenha nossos desentendimentos, ainda o quero aqui... Mas hoje eu vou me distrair.

Uma hora depois estou descendo as escadas quase correndo, o máximo que os saltos permitem. Sempre acho que tenho tempo de sobra e no final me atraso, não sei como acontece. Mas sempre acontece.

Meu Táxi já está me esperando quando abro a porta do prédio. Hoje não quero nem pensar em andar vinte minutos com esses saltos nessa noite que definitivamente não está quente. O que aconteceu com o verão?

Semana passada eu estava lutando para dormir porque o calor me sufocava e hoje que eu quero mostrar as pernas, o frio dá as caras mais uma vez. Às vezes me irrita morar em Londres.

R

E

S

P

I

R

A

— Oi, você veio — fala Lisa assim que me vê entrar pela porta do bar — vem sentar aqui, tem bastante espaço, o Simon reservou toda essa mesa para gente.

Lisa é minha colega mais próxima no trabalho e fico feliz que ela já esteja aqui. Antes de sentar, volto meu olhar para quão impressionante é o bar escolhido. São três salões gigantes, todos decorados em estilo industrial, com muitas obras de arte nas paredes e mesas de madeira maciça.

Estamos em um salão todo reservado para nós, com uma mesa que vai quase do começo até o final do espaço, no estilo salão comunal do Harry Potter. E para minha surpresa, ainda há muitos lugares para sentar. Ainda me choco que os britânicos não são todos pontuais como nos filmes.

— Oi, sim, hoje deu tudo certo e estou animada para beber com vocês — respondo olhando para Lisa e para os quatro outros membros da equipe que eu não sei os nomes ainda — onde está o Simon? — pergunto sentindo falta do chefe.

— Ah, ele estava aqui, mas acho que foi atender

HOT & COLD
HOME COOKED
FOOD
at
LUNCHTIME
Coca-Cola

uma ligação; não sei como esse homem consegue, não tira nem um minuto de folga — diz Lisa dando uma pequena risada.

— Nossa, sim! Uma vez eu recebi um email quatro da manhã, e era um sábado, fico pensando o que a esposa dele deve pensar disso — relembro, realmente foi um acontecimento memorável.

— 100% Simon! Mas ele é legal, não pressiona a gente para ser assim, então não reclamo — Lisa responde sorrindo e completa enquanto coloca mais vinho na taça — mas deixa ele para lá, me fala de você! O maridão tá na cidade hoje? Deixou ele em casa?

— Ah quem dera! Foi para Paris ontem e só volta na segunda-feira — respondo sorrindo, mas por dentro eu quero chorar... *ou gritar*... acho que quase toda vez que alguém me pergunta sobre ele essa era a resposta. Duas vezes na semana, às vezes por quatro dias... E pelo o que ele dizia, quanto mais viagem melhor... Eu não sei por quanto tempo vou aguentar responder isso, ou viver assim. Lisa me tira dos meus pensamentos perguntando o que vou beber, e eu respondo:

— Ah, não sei ainda, vou no bar pra ver, quer ir junto? — pergunto já me levantando.

— Ainda vou esperar os meninos decidirem se vão pedir mais coisas, se quiser ir primeiro, eu vou depois — diz ela.

— Está bem, te vejo logo — falo enquanto pego a minha bolsa e caminho em direção ao bar, preciso desse drink urgentemente.

Já no bar, peço uma garrafa de Chardonnay no mesmo instante em que avisto Simon do outro lado do balcão. Eu aceno e ele acena de volta, pegando seu drink e vindo em minha direção.

— Que bom que você veio! — exclama com um sorriso no rosto.

Gostei da roupa dele hoje, penso enquanto o comprimento. Pago, pego meu Chardonnay e caminho junto dele em direção à mesa.

A noite passa mais rápido do que eu gostaria, estou me divertindo. Combino de sair com a Lisa no próximo final de semana e acho que uma boa amizade está brotando. Mas as horas passam e, um a um, todos vão embora.

— E só restamos nós! — atesta Simon com um sorriso brincalhão.

Hoje é um daqueles dias que eu não estou animada para voltar para o apartamento vazio. Então, duas horas e mais uma garrafa finalizada, no meio de um assunto sobre *The Office*, me pego prestando atenção no jeito que toda vez que ele para de falar, lambe levemente os lábios. *Sexy*.

Quando comecei a trabalhar nessa empresa, tive um pequeno *crush*[3] por ele, mas pelos nossos parceiros eu coloquei uma barreira mental sobre qualquer pensamento indecente que pudesse me ocorrer. Ou pelo menos tento. A gente sabe que não dá para controlar pensamentos. Mas podemos controlar ações.

Mas agora aqui, olhando a covinha que aparece em sua bochecha quando sorri, seu olhar intenso no meu enquanto eu falo, eu me pego percebendo que a camisa azul escura com dois botões abertos que ele escolheu para hoje me faz querer abrir os outros.

Ele sempre foi tão bonito assim ou eu tomei

muito Chardonnay? Penso enquanto tiro minha jaqueta tentando me refrescar, acho que estou suando...

— Está com calor? — ele pergunta enquanto enche minha taça com o restante da garrafa.

Muito, você não tem ideia, penso..., mas só respondo:

— Sim, acho que tomei muito vinho — respondo fazendo careta e intercalando o olhar entre o ele e a garrafa — e você me fazendo beber mais!

— Só estamos arrematando a terceira garrafa, eu não faço nada que você não queira... deixa que eu bebo esse vinho então — rebate, levantando a mão para pegar minha taça.

— Epa, epa, epa — eu falo tirando o copo da sua mão, enquanto nossas mãos se encontram no meio da mesa.

E então eu me arrepio... Achei que essas coisas só aconteciam em livros ou filmes, mas eu juro que me

arrepiei quando nossas mãos se tocaram.

— Maridão te esperando em casa? — ele pergunta, cortando também totalmente o clima e me tirando do êxtase por um momento. Mais um perguntando sobre ele, lá vamos nós... *E bem agora*. Eu não aguento mais responder isso. E eu definitivamente não quero falar sobre o "maridão" agora. Mas só digo:

— Não, ele está viajando... E você, a sua esposa deve estar com saudades? — pergunto; *eu estaria*, penso enquanto me censuro no mesmo instante.

— Ah, não, ela também tem as coisas dela e a gente vai vivendo assim — responde ele com uma expressão que me deixa confusa, seria tristeza? Apatia? Definitivamente não parece felicidade.

— Tá tudo bem em casa? — pergunto ainda mais curiosa.

— Sim, desculpe, acho que também bebi um pouco demais, acho que é hora de ir, mas não quero chegar assim em casa... quer sair para uma caminhada? Depois te acompanho até em casa — sugere ele em um tom muito gentil.

O convite me surpreende, mas também preciso respirar um ar puro, apesar de caminhar no frio de vestido e salto alto não parecer ser a melhor escolha. Mas o álcool já afeta minhas decisões e aceito.

Ao sair do bar sinto a rajada de vento que bate, me arrepio e quase me arrependo de ter topado sair para essa caminhada.

— Tá com frio agora? — ele pergunta.

Um pouco, está um pouco mais frio do que eu esperava, acho que peguei uma jaqueta fina demais — respondo, já tremendo.

E tirando sua jaqueta e estendendo para mim, ele sugere:

— Usa a minha, eu ainda estou com calor.

Reluto por um instante, mas o frio está intenso, então aceito. Caminhamos até as margens do Tâmisa para aproveitar melhor a vista, eu nunca vi esse lugar tão calmo e silencioso. O vento gelado entra pela fresta do vestido enquanto eu me enrolo um pouco mais na jaqueta do Simon.

Olho para o lado e ele está olhando para mim.

— O que foi? — pergunto com um sorriso meio sem graça enquanto ele me fita com o olhar mais tentador que já vi, parece que ele, assim como eu, está lutando para resistir.

— Nada... Nada... Como você está se sentindo? — ele pergunta, desviando rapidamente do assunto.

— Eu acho que estou bem, com menos frio agora e, na verdade — faço uma pausa — mais do que bem, obrigada pela noite — falo, sinceramente agradecida, eu precisava dessa noite.

E do nada eu sinto algo que não sentia há muito tempo, coragem; sentindo a situação eu olho para ele e falo:

— Na verdade, posso te fazer uma confissão? Provavelmente vou me arrepender e talvez mude a nossa relação para sempre, mas quer saber? — pergunto, quase me arrependendo de ter tocado nesse assunto.

Ele ri e fala:

— Você não pode falar um negócio assim e não terminar a história. É senhorita, eu aceito os riscos e as consequências... Vá em frente... Pode falar. — ele insiste com um olhar genuinamente curioso.

— Ok, você pediu em, não se esqueça — sussuro com o coração quase saindo pela boca.

E eu começo a falar de como eu gostei muito dele na nossa primeira reunião e até mencionei para minha mãe que ele era meu tipo ideal, inteligente, simpático, sorridente, brincalhão, e que nossa conversa durou duas horas e que eu dormi algumas noites fantasiando sobre ele.

— Mas eu sei que é errado e 100% não correspondido, não quero agir sobre isso, só quero te falar... Não sei o porquê, acho que o arrependimento já está vindo — falo muito rápido enquanto começo a entrar em pânico pensando por que resolvi falar aquilo. Meu Deus, eu arruinei tudo no primeiro dia em que bebi um pouco demais.

— Desculpa, passei dos limites — reconheço logo

em seguida.

— Não seja boba, você não passou de nenhum limite, eu disse que eu aceitava os riscos e consequências — completa ele, em uma voz mais calma do que eu esperava.

— Eu sei, mas não faz sentido falar em voz alta essas coisas, me faz suar frio, eu tenho meu marido e você tem a Gia e isso talvez seja só uma fantasia para me manter animada, então desculpa por compartilhar — falo tão rápido que quase me perco nas palavras.

— Não precisa se desculpar, já falei, está tudo bem, eu também tenho uma confissão — fala em uma voz gentil, dando uma passo em minha direção — quando te entrevistei eu dormi e acordei pensando em você. Claro que tinha toda a parte do trabalho, mas eu acho que nunca conheci ninguém que sorria que nem você, e tão bonita... Eu mal podia esperar para que você aceitasse o trabalho e eu pudesse te ver todos os dias. E os flertes, eu sempre achei que eram coisas da minha imaginação, mas eu admito que sempre torci para serem verdade... E eu também sei que é errado sentir tudo isso. Errado, mas eu não consigo evitar a empolgação que eu sinto quando te vejo chegar.

Eu não acredito no que estou ouvindo. Ok, respira... Acho que estou pirando. E só consigo responder:

— Sim, totalmente errado, mas te entendo, cada vez que te olho... — me interrompo antes de falar demais, mas minha expressão fala por mim.

Ele dá mais um passo em minha direção, toca no meu rosto e sussurra:

— Eu acho que só uma vez não vai fazer mal.

— Não sei, não sei se eu poderia viver com a culpa — confesso e respiro fundo, tentando aguentar a vontade de pular em seus braços e me entregar ali mesmo, no frio, com risco de sermos vistos.

— Olha, a gente fez nosso melhor, resistiu até agora, mas... bom, eu sei o que eu quero viver agora, e você? — diz ele, com um olhar que se intercala entre meus olhos e minha boca, em uma intensidade que me faz queimar.

Meus valores, morais, princípios, planos, tudo fica pequeno perto da vontade que eu estou de beijá-lo nesse momento. É isso que eu quero viver agora.

Respiro e o beijo, abraçando cada uma das consequências que isso pode trazer para mim.

Quando ele me beija eu me sinto viva novamente. Me sinto desejada, olhada, apreciada, ele beija meu pescoço, passa a mão pelo meu corpo e me faz querer cada vez mais. Já não sinto frio, a adrenalina não me deixa mais.

Após minutos a realidade me faz dar um passo para trás. *O que eu estou fazendo?*

— Acho que é hora de ir para casa, agora, antes que eu faça coisas demais — admito, enquanto pego meu celular e peço o Táxi imediatamente.

— Tem certeza? A gente pode ir para algum lugar mais reservado se você preferir — sussurra Simon, com uma cara de quem realmente não quer deixar a oportunidade passar.

— Sim, já fizemos mais do que deveríamos... — afirmo, sinceramente pensando em como cheguei nesse momento.

— Mas eu sei que você quer mais — insiste Simon.

— Isso eu não posso negar, por isso mesmo é

melhor eu ir para casa. Sozinha. — rebato enquanto caminho com dificuldade até o carro do Táxi que acabou de chegar, *a situação me deixa tonta*.

—Tchau e desculpa qualquer coisa — digo enquanto ele me dá um último beijo.

— Não tem nada para se desculpar, se cuida — exclama, acenando e sorrindo, enquanto eu entro no carro.

Cinco minutos no Táxi passam como um, enquanto eu me perco nos pensamentos do que aconteceu nessa noite. Não é culpa, mas ainda assim um sentimento incômodo toma conta de mim.

Chego no apartamento vazio e ainda não sei descrever o que sinto, a adrenalina acelera meu coração e eu não consigo conter o fluxo de pensamentos que me atinge. *O que eu estou fazendo?* Eu continuo me perguntando.

Então eu abro a quarta garrafa, acendo um cigarro e me sento no sofá, relaxando meu corpo e mente até perceber que onde eu estava definitivamente não era onde eu deveria, e queria, estar.

[3]**Crush:** *"Crush" se refere a uma atração intensa e muitas vezes passageira ou interesse romântico em alguém.*

#7 É, mas passa...

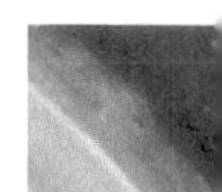

Eram oito da manhã quando seu despertador tocou avisando que já era hora de começar o dia. Mais uma segunda-feira, mais uma semana. Ela já não aguentava aquilo. Colocou o celular na soneca, mas o sono já tinha ido embora. Rápido assim, agora isso era rotina. Assim que o alarme tocava, os pensamentos ansiosos tomavam conta do seu ser.

E o que ela fazia para evitar? Pegava o celular e começava a rolar o feed, por horas, até não poder perder mais tempo deitada na cama. Mas o tempo passava rápido e ela não podia mais adiar a vida.

Se arrastando até a beirada da cama, ela lentamente calçava suas meias que escorregaram dos seus pés no meio da noite, e assim, peça por peça, etapa por etapa ela se aprontava para viver.

A manhã começava lenta, e toda vez que ela olhava no relógio, parecia que o tempo ia mais devagar.

Ela trabalhava de casa, mas isso não a impedia de tentar seguir uma rotina normal. Incluindo a procrastinação da primeira hora após ligar o computador.

— Esqueci do chá, agora ele deve estar frio.

Foi a primeira frase que saiu da sua boca enquanto murmurava com si mesma segurando a caneca gelada. Despejou o chá na pia e colocou a água para esquentar mais uma vez, já passava da hora de começar a trabalhar.

Três horas se passavam como se fossem vinte minutos, ela ainda não comeu, só se levantou algumas vezes para tomar mais chá e ir ao banheiro.

Das três horas, ela usou metade para procrastinação e a outra metade fazendo tudo em um ritmo muito mais lento do que gostaria, mas era hora da pausa.

A ansiedade já estava forte, a lista ainda estava grande, então ela resolveu fugir de tudo e ir ver um episódio de *Friends*, enquanto fumava um combo de maconha com tabaco. Já faziam dois anos que ela fumava todos os dias, mas ela não gostava de se intitular viciada, ela preferia dizer que gostava de aproveitar as fases e os momentos da vida, que logo a vontade passava, pelo menos ela dizia ser assim com tudo.

E era hora de trabalhar e a segunda parte do dia, que costumava demorar horas para passar, passava também. À noite ela estava esgotada e decepcionada pelo vazio que era tão grande que ocupava todo o espaço no sofá.

Então ela bebia bons vinhos e fumava mais, até ficar com sono e ir dormir, sempre mais tarde do que deveria para começar tudo outra vez.

#8 Monumento 

Onde antes havia um vazio, agora se erguia um monumento que desafiava a compreensão. Sua presença imponente e inesperada despertava curiosidade e incômodo.

As pessoas se aglomeram ao seu redor, tentando capturar cada ângulo em suas fotos.

Ninguém sabia de onde ele tinha vindo, ou quem o tinha colocado lá. O monumento ocupava duas quadras inteiras, não respeitando as ruas que antes estavam ali, atrapalhando o trânsito e toda a circulação de pessoas.

Os vídeos viraram virais na internet, o monumento era uma figura enigmática para todos. Jornais faziam cobertura dia e noite, enquanto estudiosos tentavam entender como algo daquela magnitude foi colocado no meio da cidade sem ninguém perceber. As tentativas de retirá-lo foram intensas, mas falharam todas, era muito pesado.

Semanas se passaram até aquilo que antes era tão estranho e incômodo, se tornasse parte do cotidiano. Os vídeos não recebiam mais visualizações e os reportes perderam o interesse.

Meses se passaram até as pessoas que antes se espantavam se acostumaram com sua presença imponente, e passaram a não imaginar a paisagem sem ele.

Anos se passaram até que aquilo que antes não estava ali, se tornasse algo que sempre foi. E a população que no primeiro dia apontou suas câmeras e se espantou, agora não mais se lembrava de como tudo começou.

A gente se acostuma para poupar a vida. Que aos poucos se gasta, e que de tanto se acostumar, se perde por si mesma.
A gente se acostuma, eu sei, mas não devia.

- Marina Colasanti

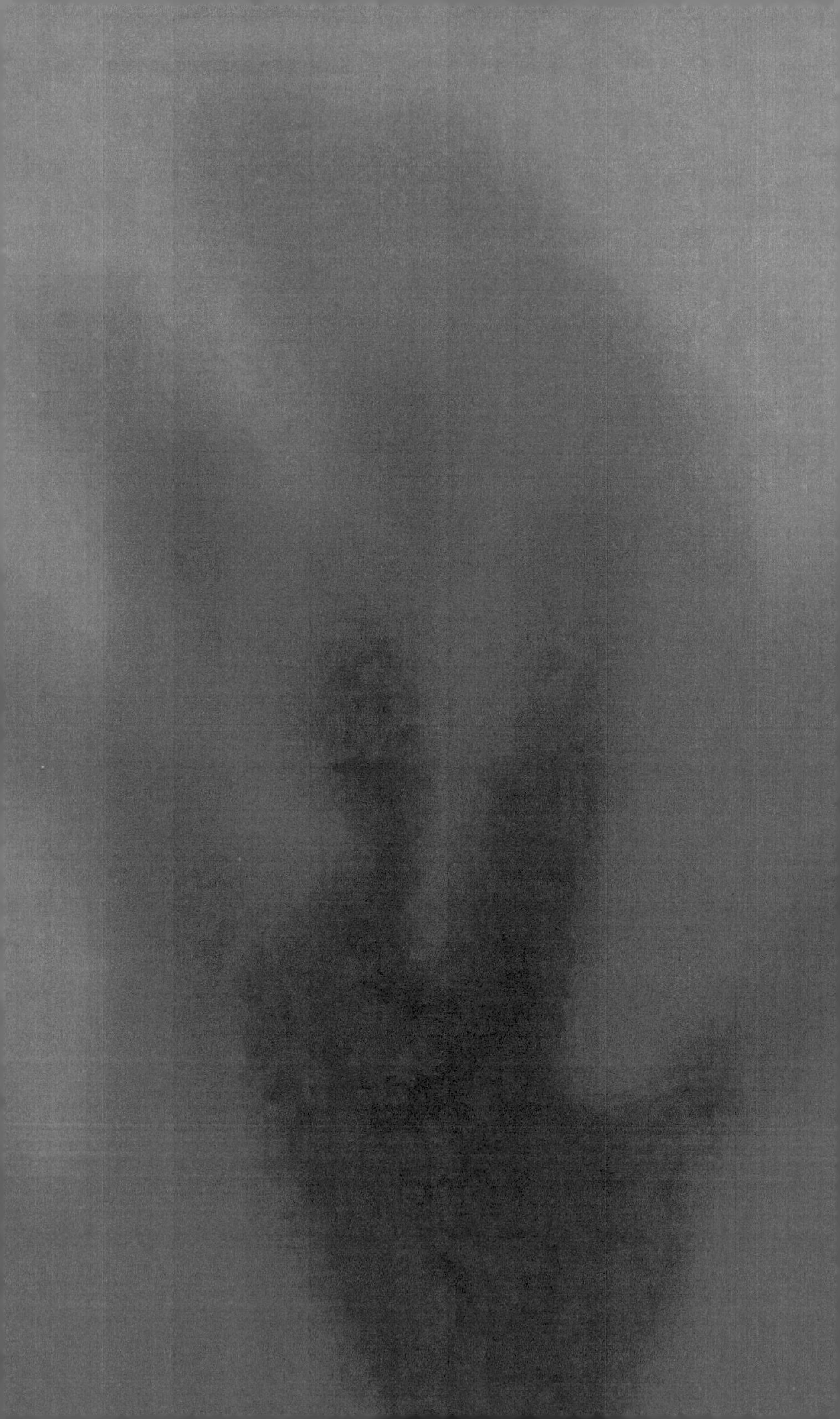

#9 O fim

Choro enquanto aperto o botão e espero o elevador.

Nunca foi meu sonho trabalhar em um hotel, mas hoje, após me despedir de cada uma daquelas pessoas com quem dividi a rotina por mais de três meses, eu sinto que meu peito se aperta até quase me tirar a possibilidade de respirar. Angústia, acho que esse é o nome... Eu sempre sinto uma angústia quando vejo algo acabar, sempre dá medo, insegurança, saudade. E tudo isso se mistura dentro de mim enquanto o elevador sobe até o oitavo andar.

O elevador nunca pareceu tão devagar.

Destranco a porta e ouço o barulho da TV ligada, evito a sala, vou direto para o banheiro e fecho a porta. Hoje eu não quero lidar com nada mais, mas duas batidas na porta interromperam meus planos.

— Tá fazendo o que aí? — ele fala em uma voz

impaciente, com certeza está irritado, mais uma vez.

— Nada, estou só usando o banheiro, já saio — respiro — só vou precisar de mais uns minutos — e digo, enquanto tento não me estressar, não hoje.

Não quero falar para ele a verdade, que eu estou triste mais uma vez, que mais um trabalho não deu certo.

— Sempre um problema com você, anda logo que a gente precisa conversar — ele grita.

Lavo o rosto e respiro, é melhor sair e falar logo do que começar uma discussão hoje. Não hoje. Vou em direção a sala onde encontro ele sentado no sofá.

— Eu arrumei minhas coisas e vou embora amanhã — ele fala sem relutância, com a naturalidade de quem diz que vai ao mercado comprar leite.

— O quê? Embora para onde? — pergunto, sem realmente entender nada.

— Eu disse que tinha algo para te falar, então estou falando, eu vou morar em São Paulo e depois te mando os detalhes de como fazemos com o resto das coisas — responde, impaciente.

São Paulo? Do que ele está falando? Que resto das

coisas?

— O quê? Por quê? Do que você está falando? — grito, nada faz sentido, eu preciso de mais informações. Não pode ser o que está parecendo. Não agora, não depois de tudo que fiz para fazer esse relacionamento funcionar. De tudo que aceitei. De tudo que me abstive. Ele não pode simplesmente ir embora sem uma conversa. E falar assim, como se não fosse nada?

Fico em silêncio por alguns instantes para tentar entender tudo o que ele disse, mas nada faz sentido.

— Me responde, eu não entendo, você está me abandonando? — pergunto, já chorando.

— Abandonando? Ah para! Abandonar seria te colocar na rua sem dinheiro, mas eu que estou saindo e já deixei 3 aluguéis pagos, sei que você vai sobreviver — rebate ele, sem maiores explicações.

— Eu estou perguntando se você está abandonando esse casamento, a gente, tudo que lutamos para construir, não pode ser isso, é? — pergunto sem conseguir conter as lágrimas que agora escorrem pelo meu rosto.

— É exatamente isso, que bom que você entendeu.

Eu só quero finalizar sem drama, sem conversas desnecessárias, por isso já fiz minhas malas e minha decisão é definitiva — responde ele em um tom de voz frio.

E completa:

— Você mesmo disse "depois de tudo que lutamos", eu estou cansado de lutar. Tudo é muito difícil com você. Você nunca está feliz, sempre chora. Às vezes eu nem quero voltar para casa para não precisar lidar com essa sua infelicidade — grita ele, em um tom que agora parece um estranho falando, meu marido nunca falaria assim comigo.

— Por que você está sendo tão cruel? Você bebeu? Tá bem? É melhor a gente dar um tempo hoje e conversar melhor amanhã com a cabeça tranquila — imploro, desesperada para fazer essa situação passar.

— Não, eu estou mais sóbrio que nunca, só cansei — rebate, com certeza mentindo sobre a sobriedade.

— Eu estou cansada também, mas eu continuo lutando por nós — eu digo, quase gritando novamente.

— Por nós ou pela relação ideal que você tem na

sua cabeça? — ele vocifera, com a expressão mais fria que eu já vi na minha vida.

E eu fico confusa e uma raiva brota dentro de mim.

— Eu sempre lutei por nós, pelo que planejamos e sonhamos juntos, eu abandonei minha vida por você, eu abandonei meu trabalho por você, eu recomecei pelos seus sonhos... E é claro que eu choro, é difícil, mas eu continuo aqui tentando, cada dia, por nós, pelo futuro que queremos criar juntos... Como você tem coragem de falar isso? — grito, já não consigo controlar meu tom de voz.

— É a verdade, você tenta, mas claramente não dá certo, eu preciso de alguém que me traga felicidade, não alguém que só sabe me cobrar — rebate frio.

— Não acredito que você disse isso, só sei cobrar coisas. Eu cobro o mínimo, atenção, amor, presença, mas se você realmente pensa assim, acho que você tem razão. Isso já acabou faz tempo e eu realmente gastei muita energia tentando segurar essa relação sozinha — confesso já cansada, mas não acreditando que isso esteja acontecendo.

— Ótimo, então estamos de acordo. Vou embora hoje mesmo — fala se levantando do sofá e indo em direção ao quarto.

Mas eu não tenho mais forças para ir atrás dele. Esse é realmente o final. O meu maior medo se tornou realidade. E foi ele que tomou a decisão final.

Perco noção do tempo, mas quando vejo, ele sai do quarto com duas malas e uma mochila, e fala:

— Quando você tiver mais calma a gente fala sobre o resto, divórcio e documentos — afirma, sem emoção na voz.

— Você realmente vai embora assim? Tem certeza? — pergunto, com a maquiagem borrada escorrida pelo rosto e uma ponta de esperança.

— Tenho certeza. — Ele abre a porta, deixa a chave na mesa do lado e sussurra — *E se eu soubesse que terminaria assim, eu não teria começado.*

Eu não acredito que essa é a última frase que ele fala antes de sair batendo a porta do apartamento. Uau. Depois de sete anos, esse é o final.

Enquanto o som dos seus passos se tornam distantes

no longo corredor, eu revisito minhas memórias em busca do momento em que tudo começou a desmoronar.

Por mais que doa, é aqui que eu preciso estar para ver e finalmente entender.

E penso: *se eu soubesse que terminaria assim, eu faria tudo novamente.*

Tudo quanto vive, vive porque muda; muda porque passa; e, porque passa, morre. Tudo quanto vive perpetuamente se torna outra coisa, constantemente se nega, se furta à vida.

- Fernando Pessoa

#10 Viagem para dentro de si mesma

Ela amava ter paz, mas infelizmente nunca aprendeu como desligar seus pensamentos e encontrar o silêncio dentro de si. Mas toda manhã acordava e pelas primeiras horas do dia mantinha tudo ao redor desligado. Era o mínimo que ela conseguia fazer.

Porque mesmo sem querer, seu cérebro seguia o mesmo roteiro diariamente: simulava diálogos que nunca existiram, se lembrava de problemas que não queria resolver, sentia culpa de estar atrasada mesmo sem ter hora marcada ou lugar para ir.

Mas um dia leu na internet um trecho de um artigo que dizia como as pessoas pensavam diferente, nem todas tinham vozes na cabeça, ou diálogos e monólogos internos, algumas simplesmente contemplavam o silêncio e ela ficou fascinada. Se existiam pessoas diferentes, talvez ela também pudesse ser diferente, talvez ela também pudesse ter paz.

Decidiu que encontraria uma maneira de viajar para dentro de si mesmo e fazer isso acontecer, custe o que custar. A jornada para encontrar a solução foi longa, mas juntando informações de diversos lugares, ela criou sua fórmula. Ela estava pronta para ir.

A surpresa veio quando já dentro da sua cabeça ela encontrou uma floresta, e de perto, o turbilhão de barulhos que atrapalhavam sua paz, nada mais eram do que canto de pássaros, o correr do rio, risadas, o vento nas folhas, as vozes das pessoas que ela amava.

Mas estava tudo em todo lugar, uma cama na água, uma casa aos pedaços, uma pessoa andando pelas montanhas, muitos pensamentos sem lugar para estar.

Então decidiu organizar a floresta que era ela.

Começou organizando todas as memórias, que estavam espalhadas por todos os lados, em arquivos separados por datas, e passou dias nesse processo porque não conseguia resistir a revisitar cada uma delas.

Organizou uma festa, fez um pequeno acampamento e convidou todas as pessoas perdidas, e passou dias por lá, porque tinha tanto a conversar com cada uma delas.

Reconstruiu a casa e colocou todos os móveis de volta, e passou dias organizando tudo, porque tinha muita memorabilia legal para decorar o lugar.

Construiu um banco no topo de uma pequena montanha que tinha vista para toda a floresta, e colocou ao lado uma placa "cantinho de inspirações", porque era.

Ela levou mais de sete dias, mas quando finalmente terminou, se sentou na beirada do rio e colocou seus pés na água. E entendeu. O único caminho para a paz era escutar os sons dos pensamentos e contemplar.

#11 Para se lembrar

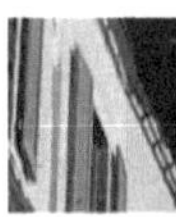

Acordou com o celular tocando, *estava tocando mesmo ou era o alarme?* O gosto amargo na boca dava o tom para a confusão que passava pela sua cabeça: *eu estou atrasada? Onde estou? Que horas são? O que foi esse barulho?* Ela procurava seu celular no meio dos lençóis da cama vazia e gelada, sem obter sucesso.

Abriu a boca e respirou fundo, *esse celular tem que estar aqui em algum lugar,* já sem paciência decidiu levantar e revirar tudo, e no final encontrou dentro da fronha do travesseiro, com uma ligação de número desconhecido, mas ela nunca atendida essas. *Não estou atrasada, estou na Itália, sozinha nesse apartamento, oito da noite, cedo demais para dormir, tarde demais para resolver fazer algo, mas que fome.* Então decidiu abrir a janela para respirar um ar fresco.

Lá de cima, ela percebeu alguém acenando.

— Oi, que bom te ver, estou com uma encomenda

sua que chegou no meu apartamento — disse o vizinho que ela não se lembrava o nome.

— Ah sim, você está chegando? Eu desço no seu apartamento daqui a pouco, se for tudo bem — perguntou, já mais desperta.

— Sim, vou te esperar então — afirmou o vizinho sorrindo e entrando no prédio.

Ela resolveu escovar os dentes, trocar de roupa e aproveitar para sair e comer alguma coisa. Ela chorou o dia todo, porque viver o sonho não era sempre feliz, às vezes o vazio voltava, o peito doía e ela chorava por horas, até pegar no sono já sem energia. Então apesar de não estar animada e com o rosto um pouco inchado, passar mais uma noite sem colocar os pés para fora do apartamento não parecia uma boa ideia.

Pegou sua encomenda e decidiu convidar o vizinho para jantar, ele que ainda não tinha comido, topou mesmo estranhando o convite. Ela não se incomodava de comer sozinha, mas em noites como essa, ela sabia exatamente do que precisava, e já era tarde demais para mandar mensagem para qualquer outra pessoa.

Apesar de nunca ter conversado de verdade com o vizinho antes, ele sempre pareceu simpático, mas pelo que ela ouvia falar, não tinha uma vida muito parecida com a dela

Ainda assim ela estava feliz, apesar do desconforto inicial, de conversar com alguém que via o mundo um pouco diferente. Talvez uma nova perspectiva da vida era tudo que ela precisava.

Depois de anos vivendo em diversos países, ela se acostumou a conversar intimamente com estranhos, mesmo que isso às vezes custasse caro. Mas ela se arriscava, porque sabia que era o único jeito de ter relações verdadeiras em tão pouco tempo.

Já no restaurante, eles conversaram sobre os motivos que os levaram até ali. Ele, um homem de trinta e poucos anos que estava dando um tempo do trabalho em finanças, e ela, uma mulher de quarenta e poucos anos que buscava inspiração para um novo livro *(ou uma nova vida)*. Os dois se encontraram no meio da jornada e ela estava grata pelo estranho que a fazia companhia.

Os seus pensamentos foram interrompidos

pela carbonara servida com bastaste queijo no topo, acompanhada de pão de alho e bruschetta. *Com certeza vou voltar aqui.*

Antes de começar a comer, bebeu um gole no vinho branco que ela não sabia o nome, e pensou em adicionar na sua lista *fazer algumas aulas de degustação de vinhos*. E depois de dois minutos comendo, já tinha certeza de que ela nunca iria esquecer daqueles sabores, *comer é sempre bom assim ou eu que estou com muita fome?* E ela se deliciava mais.

Se deliciava também do momento, eles escolheram uma mesa do lado de fora do restaurante, com uma vista para a rua que a essa hora da noite estava mais cheia de turistas do que nunca. A música tocava Bella Ciao na sanfona, algumas pessoas tiravam fotos. Cada pessoa que passava falava em um idioma diferente, ria de uma forma diferente, se vestia com roupas diferentes, estar em um lugar assim a fazia lembrar da imensidão do mundo e das suas possibilidades.

Uma mordida no pão de alho e ela começava a apreciar os prédios ao redor, construções antigas com cores pastéis que pareciam aqueles quadros de paisagem que toda vó tinha em casa. Ela se sentia sob o sol da Toscana mesmo durante a noite.

Um gole no vinho e a conversa ia para outro nível, falar da família sempre a causava um nó na garganta, saudade. Mas aquele estranho a entendia, mesmo com tudo diferente, eles se conectavam e se acolhiam.

Naquele momento, enquanto bebia o vinho, jantava em uma boa companhia, em meio a sotaques, em um lugar que parecia cenário de filme, a dor que ela sentia no peito mais cedo já se parecia com uma coisa do passado. *Sempre passa*, ela se lembrou.

Ela também se lembrou de como amava a vida e por que ainda tentava, apesar de tudo. Às vezes, era difícil esquecer. Ela sentia toda vez que vencia o medo e se abria para a vida, toda vez que tinha a coragem de estar presente e ser.

*A vida encolhe ou expande na mesma proporção
da sua coragem.*

- Anais Nin

Onde a gente aprende a amar?

#Agradecimentos

Ainda não acredito que estou aqui escrevendo os agradecimentos do meu livro. O primeiro, o mais difícil, quando a gente testa o processo e nós mesmos, quando a gente aprende a vencer o medo, a vergonha, a insegurança. Escrever um livro sempre me pareceu um sonho muito distante, mas ao se tornar real, me faz pensar sobre tudo que a gente pode fazer.

Então eu gostaria de agradecer primeiramente a minha família, que mesmo quando as minhas escolhas não faziam muito sentido, sempre estiveram e estão ao meu lado dando amor e acolhimento.

Mãe, você me ensinou o que é amar mesmo nas diferenças, o que é ser forte e resiliente, e claro, me ajudou a atravessar a Colombo e chegar do outro lado do mundo. Obrigada por tudo que você fez e é, eu te admiro e te amo.

Bebê (*Marina pros menos chegados*), que

eu sinceramente não sei o que seria de mim sem você, você que é minha luz, minha paz, a pessoa que me lembra como as pessoas podem ser boas e tudo que somos capazes de fazer. Que me ensina todo dia que sonhar vale a pena e realizar às vezes é mais simples do que a gente pensa.

Vó Marina, queria que você estivesse aqui, eu ainda sinto sua falta todos os dias. Obrigada por me mostrar de diversas formas e em diversos momentos o que é amor incondicional.

Robbie, meu companheiro de vida e de aventuras, obrigada por me deixar entrar na sua vida e me aventurar nela com você. Obrigada por todas as vezes que você me acolheu e me amou, mesmo quando eu mesma não conseguia fazer isso por mim.

Eu também gostaria de agradecer meus amigos, cada um que me ensinou o que a palavra amizade significa. Obrigada por dividirem histórias, momentos, cigarros e taças de vinho comigo. A vida é muito melhor com vocês do lado.

Gostaria também de agradecer a professora que

me incentivou a amar ainda mais a literatura, professora Juliana Alves do Colégio Gastão Vidigal de Maringá, obrigada por compartilhar sua paixão, o cheiro de baunilha ainda me faz lembrar da sensação boa que era estar nas suas aulas de literatura.

Um obrigada especial a Beatriz Suzuki, psicóloga incrível, você me guiou e ajudou a enxergar coisas que eu não sabia que existiam, e me lembrar que apesar de todas as mudanças, eu ainda permaneço. Agora eu não preciso mais fugir para chegar onde eu quero, eu finalmente posso caminhar e aproveitar a vista.

Obrigada também as meninas do clube de escrita, principalmente a Joyce Bandeira, que me acordou do meu longo sono quando eu tinha esquecido do porque a gente escreve. Muitos dos textos aqui vieram do clube de escrita incrível da @somosvalentinas. Obrigada por serem inspiração, suporte e acolhimento.

Agradeço também a Hada Maller, autora do livro "A Ilha dos Sentimentos Perdidos". Ter alguém tão próximo escrevendo e sendo incrível me inspirou e motivou a tentar ser também.

Também gostaria de agradecer a todos que leram meus contos, me ajudaram a revisar e me deram feedback, o que tornou este livro possível. Em particular, quero agradecer minha irmã Marina, sempre incrível, e Bia Nunes, que merece um agradecimento especial por embarcar em todos os meus projetos mirabolantes; obrigada por ser uma amiga que também é uma irmã de alma. Também agradeço a Isa e Mari, que leram este livro antes de todo mundo e me deram feedbacks valiosos e a motivação que faltava para eu finalmente publicar; vocês são incríveis! E a Lari, que antes mesmo de eu pensar em escrever um livro, sempre me incentivou a continuar escrevendo no meu blog; amiga, você é luz.

Finalmente, gostaria de agradecer a todos aqueles que me inspiraram e apoiaram nessa jornada, me ajudando a seguir em frente e a acreditar em mim.

Obrigada a cada um de vocês e a todo mundo que já passou pela minha vida, inclusive as inspirações de algumas das minhas histórias.

Obrigada por me mostrarem o que é amor (*e o que definitivamente não é!*).

Obrigada pelo acolhimento, respeito, carinho, verdade, conexão e afeto. Com vocês eu aprendi a amar.

Obrigada. Amo vocês.

Amanda.

amandatelo.com

#Sobre Amanda Oliveira-Telò

Amanda Oliveira-Telò ama muitas coisas. Ela nasceu em Maringá, Brasil, em 1995 e estudou Comunicação e Multimeios na UEM. Atualmente, trabalha como social media specialist e designer em Liverpool, onde reside há três anos. Sua inquietude a levou para o outro lado do mundo, mas o que ela realmente ama é escrever e criar sobre assuntos que a fazem sentir.

Foi assim que surgiu seu primeiro livro, intitulado "Onde aprendemos a amar?". A obra é uma mistura de suas paixões e experimentações, uma forma de materializar tudo o que ela ama: fotografia, escrita e design. Amanda é uma questionadora constante, sempre em busca de respostas que preencham o vazio que sente.

A inquietude é sua companheira diária, mas ela encontra na escrita uma forma de respirar, de inspirar e sobreviver. "Onde aprendemos a amar?" é sua maneira de refletir sobre a vida, amor, busca de respostas e coragem para se expressar verdadeiramente.

Onde a gente aprende a amar?
Amanda Oliveira-Telò
amandatelo.com
© Amanda Telò, 2023
© ALOT, 2023
Esse livro foi editado por Amanda Oliveira-Telò
Alot Creative em Março de 2023.

www.ingramcontent.com/pod-product-compliance
Lightning Source LLC
LaVergne TN
LVHW051551170726
843492LV00006B/2035